그대를 만나야 피어나는 꽃이고 싶다

그대를 만나야 피어나는 꽃이고 싶다

맑은소리
맑은나라

유려한 행간마다 녹아 든
'시인의 일생'

봄이 기다려지는 일이 이토록 간절했던가.

미처 느끼지 못했던 간절한 바람으로 봄을 잔뜩 기다리고 있다.

언어의 연금술사라고 칭해도 모자람 없을 시어詩語를 뿜어낸 한 시인
은 겨울을 보내는 동안 내게로 왔다.

어느 시인의 말처럼, 그의 일생이 온 날이었다.

두툼한 원고뭉치를 받아들었다. 꽃을 주제로 한 시어들이 꽃씨처럼
나풀거렸고 삶과 자연을, 사람과 사랑을 주제어로 정한 시어들에서
는 찰랑거리는 물길에 살며시 손을 담그는 듯 내면의 사유思惟들이 통
째로 올라오는 기분이었다.

시인은 말했다.

"날마다 시 한 편씩 꼭 쓰게 되는데, 아내는 마땅치 않게 생각합니다. 모르긴 해도, 활자로 된 언어의 힘에 자신이 밀린다는 느낌인가 봅니다. 허허" 라며 마주앉은 사무실의 온도를 데웠다.

시인은 이공계열 환경 계통 회사를 운영하는 대표였다. 그러나 날이면 날마다 그가 토해 낸 시어詩語에서는 감성을 자극하는 내면의 울림이 넘쳐났고 이재理財로는 감히 예단이 어려운 값진 사유의 메시지가 듬뿍 듬뿍, 그리고 알싸하게 가 장을 메우고 있었다.

어떤 수식어로도 부족함 없는 시인이 분명했다.

사람들은 대상을 평가하는 습이 있다.

그러나 사람이 사람을 평가하는 일은 가장 위험한 행위이다. 어제의 그가 내일의 그로 살아가고 있지 않는 까닭이다.

그럼에도 우리들은 얄팍한 선입견으로 누군가를 재단하곤 한다. '엔지니어가 시를?' 이라고 나의 내면에서 물음을 던졌던 것이다. 그러나 원고 뭉치에는 순하고 연한, 더는 유려한 논객을 뛰어넘는 필치가 행간마다 묻어났다. 놀라웠다.

시인이 풀어낸 세계에 발을 담그고 들어가 보지 않고서는 함부로 그의 세계를 예측할 수 없다는 얘기이다.

어딘가에 발을 푹 담가보지 않고서는 어떤 대상을 함부로 건드려선 안 된다.

순화된 시인의 시어詩語가 진통을 겪고 있는 이 세계적 재앙인 우한폐렴마저 퇴치하는 진언이 되었으면 한다.

행복해지기 위한 모두의 삶에 정태윤 시인의 행복 언어가 빛이 되기를 바란다.

봄빛이 유독 기다려지는 시절이다. 따뜻함으로, 둥근 기다림으로 출간의 봄날을 손꼽는다.

2020년 2월을 보내는 즈음에

맑은소리맑은나라 대표 김윤희

차례

프롤로그‥04

님을
위한 詩

부러움 안고‥14 / 인생 항로‥15 / 아름다운 눈‥18 / 회고回顧‥20 / 늘 그리운 이유‥21 / 여명과 함께 오는 님‥22 / 너와의 만남‥24 / 널바라기 아픔‥25 / 눈 감으면‥26 / 벗과 임‥27 / 어찌 그립지 않을까‥28 / 사랑스러운 눈빛‥30 / 그대 눈물‥31 / 내 맘 몰라주는 임‥32 / 그대는‥33 / 기다림‥34 / 느낌‥35 / 기다림의 이유‥36 / 마음‥38 / 보고

품‥39 / 그림자 안고‥40 / 님 향기‥41 / 그대의 의미‥42 / 아내의 사랑‥43 / 이슬 같은 사랑‥46 / 너‥47 / 그리움 끝에‥48 / 그대가 아름다운 것은‥49 / 그대 따라가는 길‥50 / 마음은 곁에 있으니‥51 / 자유‥52 / 구름‥55 / 오늘 그 대는‥56 / 나에게서‥57 / 동반자‥58 / 너이기에‥60 / 너 와 나‥61 / 기다림의 여유‥62 / 잠들지 못하는 밤‥63 / 너 라서‥64 / 그대‥65 / 미소진 그대‥67

꽃의 노래

동백꽃‥70 / 목련‥73 / 오월의 장미‥74 / 씀바귀‥77 / 능 소화‥78 / 비비추‥80 / 범부채‥81 / 치자꽃‥82 / 분꽃‥ 85 / 개망초‥86 / 질경이‥88 / 배롱나무(목 백일홍)‥89 / 능수매화‥90 / 계요등‥92 / 꽃무릇‥93 / 구절초‥94 / 나 팔꽃‥96 / 노루귀‥97 / 복수초‥98 / 민들레‥100 / 아카 시아꽃‥102 / 명자꽃‥104 / 기생초‥105 / 해국‥106

그리움

고독한 꽃‥110 / 꽃이로구나‥111 / 구름과 꽃과 나‥112 / 널 위해 피는 꽃‥113 / 오월의 꽃잎‥116 / 바람과 꽃‥118 / 배신의 꽃‥119 / 꽃의 독백‥120 / 남몰래 피는 꽃‥122 / 피어야 할 꽃이면‥123 / 그대를 만나야 피어나는 꽃이고 싶다‥124 / 꽃은 떠나고‥126 / 꽃이로다 사랑이로다‥127 / 꽃과 향기‥128 / 장미 한송이‥131 / 바람이 전하는 향기‥132 / 풀 향기‥133 / 낙화하여도‥134 / 사랑한 이유‥135

마중길

두 눈‥138 / 파도는 바다에만 있지 않다‥140 / 한결같이‥
141 / 하루의 끝에서‥142 / 겨울밤‥143 / 나는‥144 / 나
눔의 고운 마음‥146 / 망각忘却‥147 / 시詩‥148 / 봄의 전
령‥149 / 아침 편지‥150 / 설렘‥153 / 아픔이었구나‥154
/ 봄날‥155 / 귀국 마중‥156 / 후회‥157 / 이팝나무 꽃‥
158 / 봄빛은 져도‥159 / 하얀 찔레꽃‥160 / 사랑과 그리
움‥162 / 이슬 사랑‥164 / 떠나는 봄‥165 / 고목나무‥
166 / 벅찬 사랑‥167 / 포부抱負‥168 / 아메리카노‥169 /
인연‥171 / 혜안‥172 / 사랑의 눈빛에 취하여‥173 / 참 좋
다‥174 / 사랑을 다해 사랑하고‥176 / 별이 빛나는 밤‥178
/ 너의 의미‥179 / 속내‥180 / 이별 마음‥181 / 의외‥182
/ 감동‥183 / 사념思念‥186 / 햇살 품었습니다‥187 / 그날
그 순간‥188 / 쉼터‥189 / 계절을 건너고‥190 / 기억‥191
/ 방황‥192 / 권다勸茶‥193 / 너는 무엇으로 오려나‥194 /
내가 가진 것‥197 / 홀로 선 나무‥198 / 가을 햇살‥201 /
가을 향수‥202 / 구름‥204 / 파란 하늘‥205 / 차이‥206
/ 해를 쫓 듯‥207 / 이런 날‥208 / 가을이 깊어‥209 / 침
묵‥212 / 기억‥213 / 어울림의 가곡‥214 / 할 수 있다면‥
215

서평‥216

정태운 시집

그대를 만나야 피어나는 꽃이고 싶다

님을 위한 詩

부러움 안고

고운이
고운 걸음으로

이쁜이
이쁜 마음으로

살포시 미소 짓고
임에게 가는 모습

정답고 부러워라
아름다운 사람들아

나도
임에게 달려가련다.

인생 항로

15

그리움은 세월의 바람속에
깃발 되어 나부끼고

우리는 각자의 파랑새를 찾아
먼 여행을 떠난다.

아름다운 눈

내가 보면 아름답지 않은 것도
그대가 보니 꽃이 되는구나.
그대로 하여 빛나는 것들이
그대로 하여 살아 숨 쉬니
고와라.
세상이 꽃으로 향기롭구나.

총총걸음도 사랑스럽고
덜렁거림도 사랑스럽다.

사랑스럽지 않을 수 없는 세상
사랑을 뿌리는 그대로 하여
세상이 비로소 어둠을 밝힌다.
마냥 사랑스럽다.

회고 回顧

너를 사랑했었구나.
아무렇지도 않게
떠나 보낸 마음
지나고 한참 뒤에야
그리움인 줄 알았지.

그래 이게 그리움이지,
그래 그게 사랑이었지.

그렇게
잊어도 가는거야.
까마득히

늘 그리운 이유

늘 그리운 것은

가슴에 그대만을 품고 다니니까요.
늘 궁금한 것은
머릿속에 그대만을 생각하니까요.
삶에 질퍽이는 것은
그대를 품고 그대의 생각에
무게를 감당치 못한 때문이겠죠.

세월의 강이 너무 넓어
그윽이 강 너머 바라다보면
아물아물
윤슬에 눈부심이 그대인가,
도리어 되물어도 봅니다.

여명과 함께 오는 님

고요를 뚫고 온다지   22
그리운 마음 안고 온다지
아마

산자락에 눈시울 붉히고
동녘에 별들을 좇아버리고
아마 그렇게 소리 없이 온다지
그대!

어제도 그랬고 오늘도 그랬건만
서리 내린 오늘 아침엔
어름어름 여명 속에서 보았죠

아침을 데리고 오는
환희 같은 그대를

너와의 만남

참 좋다,
너를 볼 수 있어서

참 기쁘다,
너를 만나고 이야기 나누고
웃을 수 있어서

참 행복하다.
너를 알고
너를 좋아할 수 있어서.

널바라기 아픔

몰라줘
외로워 울었더니
눈물도 말라버렸네.

사랑스러워 이쁘다 이쁘다 하니
마음도 몰라주는 그대

무디어 넘치는 줄 모른다면 모를까,
받는 사랑의 양은
줘도 줘도 부족하다니
마음이 얼마나 비어 있는가.

그래도
그대 바라보는 눈빛을
외면 하지는 마세요.

눈 감으면

눈 감으면 선명한데
눈 뜨면 아련도 하다.

고운 모습 기억 하고 파 눈 감으면
영영 생각나지 않는 얼굴

여울가에도 있었고
풀꽃 속에도 있었고
고개 들면 하늘가에도 있는데,

아하
벌써 내 나이 중년의 끝자락이네.

벗과 임

27

서러움 나누려
벗이라 하고
사랑해 그리워
임이라 하네.

삶에 쫓겨 벗을 찾고
사랑에 몰리어 임을 찾는다.

별 내리는 밤
그리고 이 시간

어찌 그립지 않을까

어찌 그립지 않을까.
어찌 보고 싶지 않을까.
그리워 보고파서
밤을 지새운 날은
그리움도 보고픔도
새벽녘엔 지쳐 잠이 드는데

사랑스러운 마음 안고 그리면
그리움에 보고픔에
잠은 오지 않고
눈빛은 더더욱 또렷또렷 빛이 난다.
황혼의 햇살처럼 황홀하게
사랑하는 이여!

29

정채봉 시집

그대를 만나야 피어나는 꽃이고 싶다

사랑스러운 눈빛

그리운 빛은 하늘에 담고
사랑은
꽃속에 두자.

보고픈 마음은 가슴에 품고
사랑은
눈빛에 두자.

하늘을 보고 꽃을 보고
그대 눈빛을 그린다.

30

그대 눈물

31

눈가에 젖은 이슬
가슴을 아리게 하고

마음에 내린 슬픔
낫지 않는 상처를 만드네.

어느 세월에
그대 곁에 다가가

아픔 어루만지고 눈물 자욱 지워줄거나.
마음만 동동거리네.

정태은 시집

그대를 만나야 피어나는 꽃이고 싶다

내 맘 몰라주는 임

말하기 싫어요
그냥 슬프다고 할래요.

맘속에 담아 둔 한마디
꼭꼭 숨기고
눈물만 흘릴래요.

어찌 그렇게 몰라주나요.
이렇게
그대에게 마음 다하는 것을.

그대는

아름답다 말하지 않아도
스스로 곱구나.

아닌 체 외면해도
어느새 가 있는 눈길

곱디 고운 자태
사랑도 품을 줄 아네.

기다림

하염없이
시간은 흘렀다.

찻잔은
식어 비가 되었다.

느낌

갈 수 없었다.
보이지 않는 묶임으로 하여

볼 수 없었다.
관념의 장벽에 가로막혀

그러나
느껴져 오는
그대라는 따스한 사랑.

기다림의 이유

기다려
꽃이 핀다면 기다려야지.

기다려
사랑이 된다면 기다려야지.

못내
아쉬운 마음이 있고
하고픈 말 많고 많아도

꽃이 피고
사랑이 된다니
말없이 기다려야지.

마음

가까이 있어도
가까이 있지 않다.

멀리 있어도
멀리 있지 않다.

만져도 만져지지 않고
만지지 않아도 만져진다.

네가 웃으면 나도 웃고
내가 울면 너도 운다.

오직 생각이 함께 할때 행복이다.

보고픔

마음이 아리고 쓰라려
가슴이 미어져도

어찌할 수 없어
한없이
한없이 울었다.

눈目 속에
뇌리에
또렷이 자리한 모습으로.

그림자 안고

불 꺼지기 기다린
창가

먼 날은 잊어야 할 시간이건만
창가에
미련을 남겨두고 왔네.

지는 꽃 바라봄은
새봄을 기다리는 마음과 다른데

여름도 아니 온 계절에
가을 겨울 지나길 재촉하는 마음.

님 향기

고운 님 이쁜 마음
바람이 전해오고

꽃향기 좋다 하니
여기도 꽃이 피네.

머나 먼
낯선 땅에서
님의 숨결 느낀다.

그대의 의미

해 뜨지 않으면 밤인 것을
빛 없으면 어둠인 것을

꽃 피지 않으면 열매가 없듯이
사랑이 없으면 세상이 없네.

그대로 하여
모든 것이 있고
그대로 하여 모든 것이 꿈꾸는구나.

사랑에 사랑을 더하기에
새삼 되새김하네.

아내의 사랑

석양이 저물어
하루는 어둠으로 깔리건만

재촉던 아침 발걸음
늘어져 노량거리고

웅숭깊은 마음
별을 따라 뇌리에 자리하면

푸근한
또바기 사랑
밥상 위에 기다리고 있네.

이슬 같은 사랑

이른 새벽에 새겼어요.
밤새 그리운 마음 풀잎에 남기고
햇살에
아련한 마음 날려 버려요.

가녀린 몸매 위에 떨군 눈물
풀잎은 멍이 들어
파르르 서러워 푸러지고
기다린 사랑은
안개 안고 찾아오는 아침입니다.

놀란 꽃잎마다에 머금은 눈물도
안타까워 우는 동정일진대,
가슴앓이 하며
떠나는 별리엔
웬 청순함이 그리도 많아
알알이 맺힌 거울 속에서
세상을 비추고 사라지나요.

너

피어서 아름다워라.
꽃이여!

보여져 향기로워라.
미소여!

존재만으로 사랑스럽고
행복하여라!

너!

그리움 끝에

생각의 끝에는 졸음이 오고
그리움 끝에는 잊음이 온다니요.
소월은 사랑을 모르나 봅니다.

생각의 끝에는 염원이 담기고
그리움 끝에는 사랑으로 사무칩니다.

그대여
영원하기 위해 물망초를 심고
언제나 함께 하고자
가슴에 붉은 장미를 담았습니다.

그대가 아름다운 것은

장미가 향기로운 것은
뜨거운 햇살을
가슴으로 안았기 때문입니다.

그대가 아름답고 매혹적인 것은
내 아픔을 가만히
쓰다듬기 때문입니다.

그대는 나의 전부입니다.

그대 따라가는 길

그대가 바다 건너에 있다 하니
냇가에 징검다리를 놓듯
바다 위라도 징검다리를 놓겠습니다.

그대가 멀리 있다 하니
깃털보다 가벼이 되어
바람에 날리어 가겠습니다.

노을이 지는 어느 날
그대가 서산마루에 걸렸다 하니
나도 노을빛으로 저물어 가렵니다.

꽃이 피면 나도 피었고
황혼이라 하면
나도 서녘 하늘을 붉게 물들입니다.

마음은 곁에 있으니

홀로 서 있다는 것은
아무도 곁에 없다는 것이 아니다.

곁에 아무도 없다는 것은
혼자라는 것은 아니다.

계절이 지나 꽃은 졌고
만남 위에 잠시의 이별이 왔을 뿐

내 마음이 그대 곁에 있고
그대 마음이 내 곁에 있으니.

자유

우산을 들고 나갈까하다,
비에 젖어 본다.

들리는 소리
마음의 소리
가는 비 소리

후련하다.
가슴이 탁 트인다.

가끔은 흠뻑 비도 맞으며 살자.

구름

마음에 담아
그리는 것 하나

먼 하늘 뭉게뭉게
쏟아나는 구름 같아서

지우고
또 지워도
피어오르는 사람.

오늘 그대는

그대가
나의 여인이 아닌 적 없었듯이
내가
그대의 남자가 아닌 적 없었습니다.

바람이 서늘하여
뜰아래 나섰더니
그대 어스름 달빛 되어
나를 비추고 있었죠.

내가 달님 되어
그 밤을 비추려 해도
창가에 보이지 않는 그대 그림자

내가 그대의 남자가 아닌 적이 없었는데
오늘
그대는 보이지 않습니다.

나에게서

나에게
너는 꽃이었고
너에게
나는 아픔이었다.

나에게서
너는 기다림이었고
너에게서
나는 잊음이었다.

동반자

나의 것
나만의 사랑

사랑을 주면
고스란히 사랑을 담고
슬픔을 주면 아픔도 함께 담는다.

한평생 한 몸이 되고
꽃 되고 나비가 되는
서로의 파랑새.

너이기에

가슴으로 오는
감동이 있다면 너 때문이라고
이야기할게.

너라면
가는 길 멈추어 서서
바라보겠다,
하염없이.

선 자리에 망부석이 된다 해도
너이기에.

너와 나

내가 그랬지,
너는 나의 슬픔이라고.

네가 그랬지,
나는 너에게 아픔이라고.

그저
술과 술잔 같다.
너와 나.

기다림의 여유

그대를 기다리며 마시는
차 향기가 달콤하다.

여유로움이
기도로 들려오고
사랑스러움이 찻잔 속에 녹아들었다.

그대의 미소를 떠올리면
평온함이
오후의 한때를 지나간다.

잠들지 못하는 밤

잠들지 못한 밤이 있다면
오늘 밤이군요,

그리운 밤이 있다면
오늘 밤이군요,

그립고 잠못 든 밤이 있다면
분명 오늘 밤입니다,

별을 헤다 지쳐 잠들진 몰라도
그대 그리워선
잠들지 못 할겁니다.

너라서

너라서 좋은 것이다.
너라서 사랑하는 것이다.
너라서 행복할 수 있는 것이다.
너라서 평생을 바라보는 것이다.
그 누구도 아닌
너라서.

그대

아무리 봐도 예쁘다.
보고 또 봐도
사랑스럽다.

세월을 함께 하고
서로 사랑 나누니
꽃으로 피어난다.

이 한 목숨 바쳐도 아깝지 않다.

미소진 그대

그대는 그냥 웃는데
설레여 바라보지 못하고
나는 고와서 환히 빛나는
마음을 봅니다.

꽃이 있어 이보다 어여쁘며
웃지 않고도 빛나는데
미소 더한 모습
눈부신 보석 같군요.

꽃이 아닌데
꽃보다
더 향기롭고 사랑스러운 그대.

정태운 시집

그대를 만나야 피어나는 꽃이고 싶다

꽃의
노래

동백꽃

계절이 잠든 시간
홀로인양 뽐내고 싶어
차가운 북풍도 마다하지 않았느냐

혼자여서 외로울텐데
그 외로움도 감내하고
홀로피고
홀로지고
둘러봐도 너 밖에 없다.

간밤
찬서리 찬바람은 어떻게 견디었고
디가올밤
눈내리는 밤은
또 어떻게 지새우려고

노란 꽃술에 붉은 입술한
도도한 네 맘 알아줄테니
이 계절 지나고
봄날에 꽃 피우지 그래

그대를 만나야 피어나는 꽃이고 싶다

목련

네 하얀 순백에
때 묻을까 하여
하늘은 비도 내리지 않았건만

네 하얀 그리움에
사랑스러움이 없어질까 하여
바람도 불지 않았건만

비도
바람도 아닌
네 설움에 고개 떨구고
새하얀 드레스 벗어 버린다

오월의 장미

이슬 촉촉이 머금은 붉은 입술이
설렘으로 오는 계절
이 계절엔 너나 없이
거리를 정열로 수놓는다.

자랑하듯 화려한 의상을 한
눈부신 자태마다에
넋 잃은 청춘들이 눈 맞춤하고
달콤한 언어로
사랑을 전하는 시간이다.

눈부셔
빛나는 나의 장미여!
그대를 떠받들어
더 빛나게 하기 위해
내가
안개꽃으로 피어나
오월을 선택하였다.

정태운 시집

그대를 만나야 피어나는 꽃이고 싶다

씀바귀

나도 들국화라며
여러 해 동안 살아 민들레처럼
노란 꽃피우는 자태가 앙증맞다.
잎새 사이로 피어난 모습
아이들의 어울림처럼 귀여운데
지난봄
밥상머리에 입맛 돋운
쓴 나물이 너였구나.
푸른 들
푸른 잔디 사이에
노란 별꽃 심은 듯 이쁘기만 한데
네 사촌들 많아 구별하기도 쉽지 않네.
씀바귀, 흰 씀바귀,
벋은씀바귀, 좀씀바귀,
신씀바귀, 노란선씀바귀……

능소화

임 그리는 정
주체하지 못함인가.
임 발자국 소리 들으려 귀 쫑그리고
그래도 모자라
까치발 들고 담장 너머
임 보겠다 애쓰는 모습

고운 분단장이 무색하게
그리운 정
하늘에 닿으려 끝없이 오르고
뜨거운 햇살도 마다하지 않네.

기다림에 울다 지쳤나
예쁜 모습 지키고 싶었나
오직 그대 아니면 피어 있기도 싫었나.
꽃잎 지기도 전에
통꽃으로 떨어지네.

정대운 시집

그대를 만나야 피어나는 꽃이고 싶다

비비추

어디 예쁘지 않은 꽃이 있으며
사랑스럽지 않은 꽃이
또 어디 있을까.
희망의 소리
주렁주렁 달고
큰 손 벌려 꽃을 피우는 모습

여러해를 기다리는
여인의 마음이 꽃으로 피고
네 여린 가슴
독하게 다지고
비벼서 비비추인데

긴 장마 이겨내라고
가슴마다로 힘을 싣는
네 격려의 나팔 소리
기다림도 사랑도 함께
네 미소에 힘 얻어 더 사랑스럽기에
길가마다에 너를 심는다.

범부채

자태 빼어나
나약한 듯하면서도 범할 수 없네.

한더위 이기려고
부채꽃잎 펼치고
더위 겁주려 호피 문양하였다.

계절에 항거하는
모습 속에서
주황색 그리움은 정열로 남아
태양의 열기도
정성 어린 사랑으로 안는다.

치자꽃

순백의 미소로 살며시
고개 내민다.
맑고 깔끔한 웃음으로
향긋함에 빠지게 하는 마법을 피워
바람개비 같은 꽃잎이 숨어 웃는다.

마음까지
깨끗해지는 상쾌함이
작은 뜨락에서 노래하면
네 노래에 맞춰 콧노래로 답변하고,

주황색 열매 맺는 날 기다리면
치자 물 들인
노란 앞치마 걸치고
파전 구우시던 어머니의 사랑이
반죽에 녹아든 치자색으로
안겨오는 계절

사랑과 추억이
꽃바람 타고 잎새 속에서 웃고 있다.

분꽃

작열하는 태양이 두려워
숨죽여 꽃잎을 닫고
해 질 녘
미소로 꽃을 피운다.

삶에 고달픈 일이 오면
움츠려 기회를 기다릴 줄 알고,
인내하는 지혜로움을 갖추고선
분홍빛 입맞춤으로 다가오는 여인

화단 가득
풍성한 잎과 꽃으로 수놓으니
가을의 풍요로움을
한 여름에도
온 세상 그득하게 안겨
수줍은
새색시 볼 보듯 설레게 한다.

개망초

묵정밭에 어김없이 찾아와
여정을 풀었네.

곤충들 새들 안쓰러워
작은 미소로
동무들 불러 보금자리 나누고,
하얀 설상화에 황색 짝꽃을 피운 네 모습
영락없는 계란꽃이구나.

귀화해
나라를 망친 적도 없는데
비슷한 모습했다고
개망초라니
이름답지 않은 이름을 받고서도
불평 한마디 없구나.

그리고도
미소들 모아 들녘 가득
웃음으로 채우는
네 화해의 몸짓이 어울림으로 자리하면
네 모습으로
행복 듬뿍 안는다.
네 모습으로
사랑 가득 느낀다.

질경이

꽃으로 피어 있어도
알지 못했다.
발끝에 채이고 짓밟고도
알지 못했다.

울음 삼킨 소리 들리지 않아
꽃으로 피어 울고 있음을
알지 못했다.

밟히고 밟혀도
시련을 딛고 일어서는 발자취 따라가면
질기고 질긴 근성 배움도 주고

길가에 흐드러지게 피어 있지만
맛난 나물이고 고마운 약초라기에
다시 보고 다시 보니
고운 꽃이네.

배롱나무(목 백일홍)

사랑 깊어 더욱더 사랑하고
사랑해 더욱더 애틋하고
그 마음 보여 주고 싶어서
백일을 기도로 염원하였다.

분홍빛 바람,
하얀 바람으로
가마솥더위에 갈망하는 마음 더한 기도로
생살 드러내고 닳아 살결이 반들반들해졌다.

사랑 위한 기도는
가지가지마다 뜨겁게 꽃으로 피어
간절하구나.

기도 끝나는 날
피고 지고 피고 진 꽃잎들
피를 토하듯 우르르 떨어져
여름을 놓고
부귀도 버리고
사랑과 함께 떠나고 있다.

능수매화

봄의 무게일까?
그리움의 무게일까?
꽃의 무게일까?

늘어진 가지가지마다
미소를 매달고
제 처지 생각 않고
빚어낸 자태 보고
나도
미소로 화답하면

긴긴 겨울
온 힘을 다한 사랑이
꽃으로 피어난다.
향기로 전해 온다.

계요등

어디 살아가며
흠 한 가지 없는 이 있으랴.

앙증맞게 올망졸망 모여 기쁨을 주고
요정의 자그마한 종소리 울리며
곱디고운 생각을 안겨 주는데

그리 싫지 않은 닭 오줌 내음
알게 모르게 풍긴다 해서
네 자랑이 감춰지느냐.

흰 고깔 속에 감춰 둔
자줏빛 눈 웃음
귀엽고 이뻐서
작은 숲길마다에 등을 밝힌다.

꽃무릇

그리움에 눈시울 붉혀 숲이 물들고
빨간 꽃잎 휘저으니 하늘이 우네.

붉게 수놓아 화려한 의상 하면
님이 날 찾을 수 있을까.

날마다 부르는 소리는 절규가 되고
그리움에 목을 매니 피를 토한다.

님을 찾아 주오.
내 사랑을 안겨주오.

너 떠난 뒤
그렇게 찾는 님이 오신다니
네 설움이 쌓여 발아랜 독이 쌓인다.
이룰 수 없는 사랑이여!

구절초

에움길 돌아선 곳에
순백의 하얀 영혼을 담은
어머니 손길 같은 꽃이 피어 있어요.

차가운 밤이슬도 마다하지 않으시고
자식 사랑으로
머리 곱게 빗고 선
흐트러짐 없는 모양새 보이신
꼿꼿한 모정의 마음 닮은 꽃

이제나 저제나
애타는 어미의 마음
긴긴 날 자식 생각으로 애태우신
어머니의 사랑이
가을 향기를 담고 피었나 봅니다.

파란 하늘 향해 간절함 모으고
사랑과 염려의 눈매마저 눈부신
하이얀 모시 적삼 입은
어머니의 마음
그 따스함이 가을을 받들고 있어요.

정태운 시집

그대를 만나야 피어나는 꽃이고 싶다

나팔꽃

얼마나 그리우면 꽃으로 피었을까.
부르고 부르짖어 나팔을 대신컨만
우리님
귀머거리냥
들은 척도 않더라.

노루귀

분홍빛 자줏빛
새 하양
귀티가 흐르건만
소담하게 피어올라 봄볕도 안았구나.

은근한 풍미 갖춘 자태
아리따운 규수인데
잎새 피어날 때 노루귀 닮았다지만
걸맞지 않은 이름에도
개의치 아니하고

산기슭
양지바른 곳에
호젓이
봄나들이 나왔네.

복수초

섣불리
사랑을 찾아 나서고
불 붙지 않은 님의 마음을 훔치려는가.

내가 피어야 할 계절에
앞서 전하는 황금빛 열정이
낮에는 차가운 얼음도 녹이는구나.

이른 열정에 지쳐
오후엔 가슴을 닫는 노란 입술

계절이 놀라 달아나듯
사랑도 네 입술이
무서워 달아나는데
슬픈 추억은
왜 이리 가시지 않은 겨울을 잡고 있느냐.

복수초는 꽃말이 '슬픈 추억'과 '영원한 행복' 두 가지를 가지고 있으며 이름 자체에 복과 장수의 바람을 담고 있다. 우리나라 각처에서 자라는 다년생 초본이며 키는 10~15cm , 꽃은 4~6cm, 개화시기는 4~5월이다. 그리고 남쪽은 조금 더 이르다. 언땅을 송곳처럼 새순을 세우고 뚫고 올라오는 모습이 인상적이다. 하지만 꼭 눈 속을 뚫고 핀다기 보다 꽃이 핀 다음에 눈이 내린 경우가 많다고 한다.

민들레

말하지 않으련다.
말하면
가슴에 자란 사랑이 도망가 버릴까.
마음 조이며
싹 틔워 고이 간직한 봄꽃
말하지 않으련다.

봄 되면
피어나는 노란 꽃잎
때 되면
꽃 피고 홀씨 되어 날아가리라.

아카시아꽃

하얀 포도송이 주렁주렁
가지 가득 덮고
그래도 모자라 잎새도 숨겨 버렸네.

오월이 머금은 화려함 비해
순수로 가득 뽐내는 너 향기가
더 향기롭구나.

절개지
척박한 토양
마다하지 않은 겸손

하늘 아래
산등성이로 퍼져가는 향긋함
싱그러움 더해 스며들게 하고
봄을 보내는 아쉬움
송이송이에 담는다.

명자꽃

이른 봄
가시도 없이
장미로 변장한 가련한 산당화
사철 나뭇잎 위장한 체
요란스런 모습
함박 지게 넘치고 넘치네.

오늘은
결 따라 너 따라나서니
핏빛처럼
알알이 표하는 탐스런 사랑

봄을 가득 안고
계절을 흠뻑 맛보게 한다.

기생초

해바라기 처럼
해를 따르기 싫어
샛노란 마음에 태양을 품었다.

시린 아픔 가슴에 담아
전모를 쓰고
어디를 나들이 하셨나요.

수줍은 각시의 자태도 잊고
기쁨을 향한
간절한 기도는
더위도 무섭지 않다.
열망의 햇살에 더 아름다워라.

정태순 시집   그대를 만나야 피어나는 꽃이고 싶다

해국

내 사는 곳
바닷가 경사진
양지바른 곳이나 암벽에 자리한 채

해풍도 마다하지 않고
자줏빛 미소를 보인다.

삶의 피로 또한 외면하지 않으니
이렇게 어울려 피고
이처럼 도도하다.

세상사도 어떻게 생각하느냐에 있으니
나를 닮아라.
나처럼 피어 나 보렴

정태운 시집

그대를 만나야 피어나는 꽃이고 싶다

그
리
움

고독한 꽃

어우러져야 피어날 줄 아느냐
어우러져야 아름다우냐

홀로 피어날 수 있고
홀로 피어도 아름답다면

나는 외로워도
홀로 피어나련다.

꽃이로구나

111

꽃이 아니어도
꽃이로구나.
맑은 눈빛으로 미소 머금게 하니
꽃이 아니어도
꽃이로구나.

구름과 꽃과 나

구름은 바람을 만나야
흘러가고

꽃은 벌 나비를 만나
열매를 맺듯이

내가
그대를 만나
비로소 사랑을 이야기하네.

널 위해 피는 꽃

한 번에 피어서
단번에 져버림이 아름다운가.
피고 지고 피고 져
오래도록 널 보게 함이 아름다운가.

단번에 피고 짐이
지조 있음인가.
피고 지고 오래도록 네게 있음이
지조 있음인가.

어우러 피고 지라면 어울려 피고
외로이 피라면 외로이 피련다.
어차피
내 꽃은 널 위한 꽃이기에.

오월의 꽃잎

보이지 않는 무엇,
느끼지 못한 무엇인가에 끌리고
아름답다 못해
황홀한 여운은
채워지기 어려워
혈관 속 흐르는 피가 되었다.

고백보다도 더 확실한
하나 됨이
나를 지키고 너를 채우는 일체가 되어
눈물까지도
같이 바라보며 흐른 시간

117

내가 너고
네가 나이기를 바람이
지나친 욕심 아닐진대,
잠깐의 환희만 안긴 봄날이어라.
떨어지는 꽃잎
낙엽처럼 줍지도 못하고 날리어 간다.
피가
뚝뚝
혈관 속에서 떨어져 내리는 날에.

바람과 꽃

그대가
바람인 줄 알았노라.
그대가
꽃인 줄 알았노라.

머물 줄도 알고
지지도 않네.

다만
내 곁이 아니며
내 꽃이 아니로구나.

배신의 꽃

119

외로워 울 때
네 어깨를 감싸주었는데

비바람에 고개 떨구었을 때도
네 버팀목이 되었는데

어느 순간 느꼈나요.
서로 다른 길에 서 있다는 걸

나는 고목처럼 천년이 한결같은데
몇번을 피고 지더니
바람과 함께 떠나가네요.

정태준 시집　　그대를 만나야 피어나는 꽃이고 싶다

꽃의 독백

너를 사랑할 수 없음이
마음이 아프더라.
너를 안아줄 수 없음에
가슴이 쓰리더라.

나를 사랑한다니
내 미소를 너에게 주고
내 꿀을 주고 향기를 주고
전부를 너에게 준다.

단지 꽃이기에 날아와서
달콤함을 얻기 위해
사랑한다고 말하고
안아 주었다 해도
미소 띨 수 있었음에
내 꿈마저 너에게 주마.

나에게 다가와
나를 사랑한다는 말이
못이 박히더라.
빈말의 유혹이라도 가슴이 설레더라.

그 한마디
사랑한다는 말.

남몰래 피는 꽃

진달래이리라.
분홍빛 가는 입술 가졌으니

목련이리라.
하얀 순백으로 단장했으니

장미이리라.
붉은 열정으로 태양을 향해 바라보노니

눈으론 피었는지 확인 못 하고
가슴으로 바라볼 수밖에 없는 꽃

어떤 모양일까?
숨어 피고 선 향긋한 향기를 내네.

피어야 할 꽃이면

기다려 필 꽃이면
애태워 피지 말고,

애태워 필 꽃이면
피지를 말아다오.

가슴에 피어나는 꽃
사랑 꽃도 그렇다.

그대를 만나야 피어나는 꽃이고 싶다

돌 틈에 피어도
그대에게만 보이는 꽃이고 싶다.
햇살 따가워도
그대를 만나야
피어나는 꽃이고 싶다.

긴긴밤 찬이슬 맞아도
아침 인사로
정원에 나서는 그대와 마주치는
꽃이고 싶다.

내 향기 맡고 싶어 가까이하면
꽃잎 나부껴 그대 볼에
가볍게 입맞춤하고
가슴속 깊이 내 향기 주고픈
꽃이고 싶다.

속속들이 가슴에 파고들고
온종일
내 향기에 취해
행복의 미소 버리지 못하게 하는
그대의 꽃이고 싶다.

꽃은 떠나고

손을 내밀면
언제나 잡을 수 있는 줄 알았나 봅니다.

항시 보였고
영원히 머물 줄 알았나 봅니다.

계절은
나이를 먹지 않고
하루하루를 먹고산다는 것을

네가 지고
네가 떠나고 나서야
영원하지 않다는 걸 알았습니다.

꽃이로다 사랑이로다

꽃일 게다.
향기롭고 사랑스러워
내 곁에 머무니

사랑일 게다.
끝없이 주고픈 마음이 쌓여
주고도 모자라
애태우는 마음 가졌으니

더위도 추위도 아랑곳 않고
고운 자태 예쁜 마음
은은하게 안겨 오니
꽃이로다.
사랑이로다.

꽃과 향기

피어서 향기롭기 보다
태양을 품어서 그윽합니다.

내 사랑에 취하고
그대의 향기에 젖어듭니다.

그대는
나만의 꽃입니다.
나는
그대만의 향기입니다.

장미 한송이

또 다른 설렘이
기다리고 있다 해도
나에겐
한송이 붉은 장미면 족하다.

사랑 담은 꽃바구니
한 가득 안겨도
장미 없는 꽃바구니 바라지 않는다.

바라는 건 오직
그대 맘을 담은
붉은 장미 한송이

바람이 전하는 향기

가만히 있어도
구름이 생겨나 듯 불어 오고

바라지 않아도
향기를 싣는다.

멀리서 불어온다.

내 마음을 안 바람이
임 향기 싣고 온다.

풀 향기

내
영혼에
그대를 더한 하루
나는
먼 길을 와서야
그대
존재의 의미를 알았다.

낙화하여도

보지 못하면
그리울 것이란 생각을 마라
꽃이 떨어질 땐
아쉽지만
떨어진 꽃을
내내 생각하는 사람이
어디 있더냐.
그러나
나는
내 가슴에 언제나
너를 새긴다.

사랑한 이유

똑.
똑.
똑.
한방울 한방울 물방울 모여
졸졸졸 졸졸졸
흐르는 물길이 됩니다.
호감도
몽실 몽실 피어올라
그대에게 가는 마음 어쩌지 못해
사랑이 되었습니다.

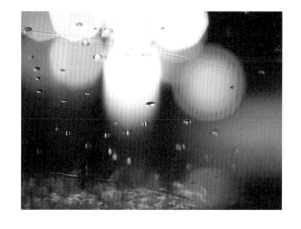

정태운 시집

그대를 만나야 피어나는 꽃이고 싶다

마
중
길

두 눈

138

어떤 땐 보였다.
어떤 땐 보이지 않았다.

한 눈을 가지고
두가지를 본다.

미움으로 보니 잡초이고
사랑으로 보니 꽃이고 향기롭다.

파도는 바다에만 있지 않다

바다만 파도를 치는 줄 아느냐?

삶의 빈틈이 있는 곳에
격랑이 친다.

인생의 파고는 더 높고
한눈 판 항로에는
비바람 치는 밤바다를 지나야 한다.

한결같이

어제와 달라진 눈빛
초심을 잃으면
빛이 사라지고
한결 같으면 빛나나니

샛별은
모든 별들이 지고 난
새벽녘에도 빛이 난다.

하루의 끝에서

하루가

142

술잔에 저물어간다.
피로와
사연과
보람
그리고 인연들이
술잔 속에 녹아든다.

겨울밤

겨울을 쫓아내려
시린 손 호호 불고

붕어빵 군고구마
가슴에 품고 오면

동짓달
긴긴 겨울밤
아랫목에 모인다.

나는

바람이고 싶었다.
바람으로
그대를 감싸고
그대를 어루만질 수 있으니 말이다.

그대를 바라보면
와인잔이고 싶다는 생각이 든다.
촉촉한 그대 입술이
아무 말 하지 않아도
가만히 다가오니 말이다.

꽃 내음이고 싶다.
그대를 향기롭게 하고
행복하게 하고
기쁘게 하며 미소 띨 수 있는
그대만의 향기
나는 향기로운 꽃 내음이고 싶다.

언제나 그대의 곁에 머무는
사랑이고 싶다.

정태운 시집

그대를 만나야 피어나는 꽃이고 싶다

나눔의 고운 마음

독백이
시가 되어 노래로 들려오고

감동의 눈물이
꽃이 되어 향기를 뿜네.

고운 마음이
한 곳에 가득히 모이니

그곳이
인향 가득한 꽃밭이란다.

망각 忘覺

기억의 흔적
세월에 긁히어 지워지고

푸르른 소나무도
눈속에 덮여 하얗게 변해 버렸다.

내 안에
또 다른 내가 앉아 있다.

정태운 시집

그대를 만나야 피어나는 꽃이고 싶다

꽃밭도 가꾸지 않으면

잡초로 가득하고
마음도 버려두면 욕망으로 채워지고
갈고 닦으면
성인이 되나니
글 또한 그냥 두면 문자이지만
다듬고 다듬으니
시가 되고
노래가 되누나.

봄의 전령

호수같이 맑은 눈동자
꽃보다 화사한 미소

속삭이며 다가오는 다정한 음성
꿀보다 달콤한 입술

봄이 저만치 왔음을
그대가 전해 줍니다.

아침 편지

그대가   150
나에겐 보낸
짧은 아침 인사글로도
나는
그대를 품고
온 세상을 얻는답니다.

가슴속 떨림이 모여
마음속에 행복의 꽃을 피우고
이렇게 설렘이 불붙어
가슴을 녹입니다.

감사합니다.
당신의 사랑받아서
당신을 사랑할 수 있기에.

151

설렘

꽃 피기 기다리듯
콩닥거림으로 가슴을 채우고

봄비
대지를 감싸
촉촉이 마음을 적시면

두근거림은
기대와 미소를 안네.

아픔이었구나

부르면   154
다 이름인 줄 알았는데
안으면
모두 다 사랑인 줄 알았는데
너에게 난
나에게 넌
아픔이었구나.

함께하지 못하는 슬픔보다
함께 나누지 못하는 마음이 더 서글퍼
지새운 밤이
별들로 가득찼구나.
사랑아!

지나간 날들이 아득도 하여
꽃이 피고 꽃이 지고
단풍 들고 낙엽이 된 지가 얼마였던가.
시간 속에 나를 묻고
시간 속에 너도 묻었다.

봄날

온 세상
꽃동산 꽃동네 만들고

모든 이들 마음속
미소 넘치는 날들

행복하지 않을 수 없음에
만나는 얼굴들이
곱디 곱구나.

귀국 마중

버선발로 나를 맞을까.
꽃다발 아름아름 안았을까.

온 산 진달래꽃은
나를 위한 님의 작품인가.
걸음걸음 향기로운 때
님께 가는 마음에 눈시울 붉혀
나의 대답 대신 한다.

반가운 마음 따사롭게 느껴오고
그리운 마음이 품으로 오는
내 귀향의 길 위에도
꽃비를 날려라.

후회

작년에 심었던 꽃
피기는 했다마는

약속한 그 마음을
담지를 않았구나.

돌이켜
생각하건대
심지 말고 둘 것을.

이팝나무 꽃

봄의 끝자락에 눈이 내리고
붉은 장미를 희롱하며
따가운 햇살 사이로 겨울을 본다.

얼마나 배를 곯았으면
얼마나 배불리 먹고팠으면
나무마다 이밥을 얹고
거리마다 고두로 담았을까.

오월을 하얗게 하얗게 장식하면
마음까지 하얗게 변화하고
길 속에 길을 열어
이밥 잔치를 연다.

그리고
하얀 솜사탕 같은 사랑을 만든다.

봄빛은 져도

너를 보내니
나도 나를 보내련다.

화사한 색감
여린 연둣빛까지
더불어 몰고 여름 속으로 떠나면

가슴에 남은
봄빛은 져 버리고
그리움도 져 버릴까 두려워
신록을 껴안고
계절을 향해 나를 보낸다.

하얀 찔레꽃

나는 메마른 땅을 좋아하지 않건만
나도 비옥한 땅을 좋아하건만
나를 산등성이나 무덤가에만
머문다고 말하느냐.

나도 슬픔을 알고
열정적인 사랑을 알고
작지만 눈부시게 하얀 꽃을 피울 수 있단다.
누군가 내 순백의 순정을 꺾을까 두려운
나도
가시를 감춘 장미과란다.

161

붉은 장미와 함께
나를 너의 정원에서 쉬게 해보렴.
안개꽃은 장미를 받쳐 어울리지만
내가 머문 자리에
장미는 나를 받쳐 돋보인단다.
순수의 영혼을 빛나게 한단다.

오늘도
나는 네 가까이 머물고 싶어.
산을 내려와
붉은 장미 곁에
나의 하얀 미소를 보낸다.

사랑과 그리움

그리움도 깊어지면 병이 되고
사랑도 지나치면 집착이 된다네요.

그리움 위에 간절함을 포개고
사랑 위에 배려를 더하면
아름다운 그리움
감동적인 사랑이 될진대.

지나치다 싶어도
탓하지 마시구려.

꽃 가꾸듯 그리움 가꾸고,
그 꽃 꺾어
당신께 바치는 사랑이라오.

이슬 사랑

이른 새벽에 새겼어요.
밤새 그리운 마음 풀잎에 남기고
해살에
아련한 마음 날려 버려요.

가느린 몸매 위에 떨군 눈물
풀잎은 멍이 들어
파르르 서러워 푸르지고
기다린 사랑은
안개 안고 찾아오는 아침입니다.

놀란 꽃잎마다에 머금은 눈물도
안타까워 우는 동정일진대
가슴앓이 하며
떠나는 별리엔
왠 청순함이 그리도 많아
알알이 맺힌 거울 속으로
세상을 비추고 가나요.

떠나는 봄

여름으로
떠나고 있어요.
눈물 보이며 신록은 녹음이 되고

이별의 동공이
오월의 끝자락을 잡은 채
이슬비
눈물 아닌 척 눈가를 적셔요.

태양은
꽃잎 떨구어
계절을 재촉하는데
보내기 싫은 마음
밤새 펜을 잡고 지우고 씁니다.

고목나무

새들의 쉼터로도 모자라
여름으로 바람을 몰고 오네.

긴 세월 그렇듯
간밤도 잘 지냈다니
오늘도 온 세상 품으려나요.

비바람 거센 세파도
그늘로 감싸는 사랑
엄마 품 같다.
엄마 사랑 같다.

벅찬 사랑

그리움도
해처럼 뜨고 진다면
내 그리움은
어디쯤 그대를 비추고 있나요.

사랑도
달 같이 차고 기운다면
내 사랑은
어느 만큼 그대를 채우고 있나요.

영원이란 말 새기고 새기면
뜨고 저물지도
차고 기울지도 않다는데.

가슴에 새긴 벅찬 사랑
그것이
영원이란 말 아닐는지요.

포부 抱負

가슴은 작아도
우주를 품을 줄 알고

눈은 자그마해도
끝없는 창공을 담을 줄 아네.

꽃은 작으나
입가에 미소 머금게 하고

사랑은 보이지 않으나
얼어붙은 마음을 녹인다.

내가 그렇다.
그러고 싶다.

아메리카노

설레게 할 줄 아는구나,
미소 띨 줄도 아네.

아련하게 안겨 오는 졸음처럼
지그시 눈 감게 하고

잔 속에 녹아든 마음
안경 너머 고뇌는 사라져 버렸네.

코끝을 스미는 향
사랑도 이런 거였지.

인연

171

빗길 피한
처마 밑이 인연이 된다면
날마다 비 오고
날마다 우산 없이
그 처마 밑에 기다리렵니다.

하루만 피어 있어
하루만 살아가는 꽃이라면
일년을 참고 기다려
하루의 그 아름다움 보고자 합니다.

큰 것을 기대하기보다
작은 보람이 쌓여 큰 기대가 됨을
살아가며 감사하는 시간

만남에 감사하며
처마 밑의 그 인연이
하루가 아닌
일년 내내 아름다운 꽃으로 피어 있음에
감사하고 또 감사합니다.
그대여!

혜안

마음을 열면 보인단다.   172

눈을 뜨는 순간처럼
보인단다.

너의 세상만큼.

사랑의 눈빛에 취하여

설레게 하였다.
그 눈빛
가슴앓이로 안겨오고
두근거림은
떨림은
결코 멈추지 않는다.

황홀한 키스가 죽음을 불러도
몽롱한 포옹이 영혼을 앗아가도

순간을 위해
생명을 버려도
그 순간
그 전율의 순간엔
아무것도 생각나지 않는다.

오직
그대의 눈빛
그대에 대한 사랑만
영혼 깊이 스며들 뿐.

참 좋다

그대를 부를 수 있어서
그대를 바라볼 수 있어서
그대를 안을 수 있어서

참 좋다.

그대가 나와 함께 하고
그대를 위해 살아가고
그대가 내 임이라 너무 좋다.

참 좋다.
정말 좋다.

사랑을 다해 사랑하고

빗방울 원을 그리고 사라지면
그리움은
원을 그리고 또 그린다.

풀잎에 떨어져
원이 되었던 빗물
꽃잎에 떨어져 동그란 흔적을 지우고
떨어졌던 사랑도
세월의 강가로 휩쓸려 간다.

빗물이 사랑인지
사랑이 빗물인지 내리는 하늘 아래엔
내리다 내리다
동그란 얼굴을 만들고 지우고
휩쓸려 동행하듯
세월의 저편으로 실리어 간다.

누가 말했던가,
사랑을 다해 사랑하였노라고
끝없이
그리는 사랑
그 사랑이 사랑을 다 하고 있음을.

별이 빛나는 밤

밤은 물감으로
어둠을 깔고

사랑은 그리움으로
가슴을 물 들입니다.

아름다움에 취해
잠들지 못한 영혼의 사색은

그대 향한 사랑으로
별 되어 빛나고 있어요.

너의 의미

너에게
나는
작은 떨림일지 모르지만

나에게
너는

무수한 별을 쏟아내는
황홀한
밤하늘이다.

속내

가벼운 말에도 시렸다.
작은 칭찬에도 따사로웠다.

내민 손에서 전해오는
아침 햇살 같은 환희

너에게 보낼 마음을 적어본다.
언젠가
열어 보일 내 속마음.

이별 마음

너를 바라보는
얕은 헤윰이 어리석지 않았구나.

너에겐
이미 돌아선 마음이 있었고

나에겐
아쉬워도
보내줄 마음이 있었다.

의외

섬에도
바다에도
땅거미 내리고 어둠이 내리는구나.

그럴 줄 몰랐다.
오직
육지에만
어둠이 내리는 줄 알았다.

인생은 어떠한가.

183

노을에 물들어 있었다.

행복을 가져다주기 위한
잔에는
샴페인을 담고

눈에는
사랑스런 눈으로 화답을 하고

그래도 모자라
이슬진 눈가에 한줄기 눈물을 흘린다.

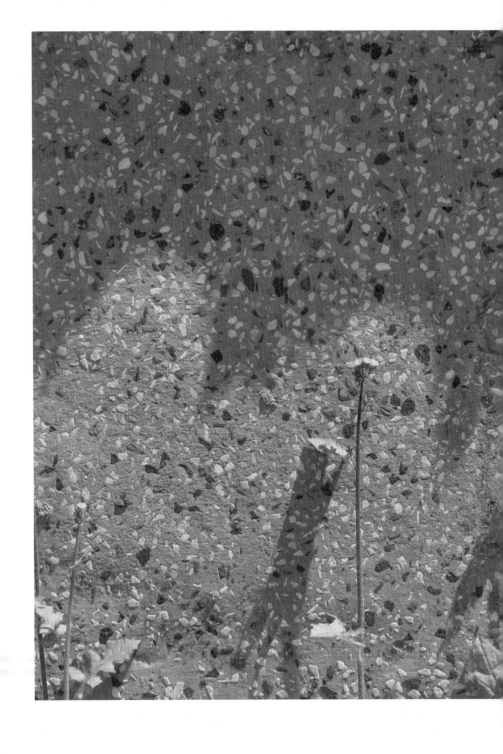

사념思念

무엇을 보고 있니?
무슨 생각에 빠졌니?

바람이 곁에 와 너를 감싸고
꽃이 너를 위해 피어도
먼 허공에 둔 시선엔
그리움만 보이는구나.

무엇을 하고 있니?
차 맛은 어떠니?

향기 짙어 감미로워도
아름다운 글귀를 읊어도
네 눈앞에 네 귀가엔
그리움만 쌓이고
그리움만 들리는구나.

햇살 품었습니다

햇살 품으니
피어납니다.

햇살 담으니 익어 갑니다.

그대 가슴에
내 마음에
사랑의 씨를 심고
햇살 받았습니다.

그날 그 순간

그날
그대 어떤 마음이었나요.
그 순간
그댄 어떤 기분이었나요.

가시밭길 같던 두려움
보이지 않은 길 위에 서고도
담담히 나를 바라보던 눈빛
그날
그댄 어떤 마음이었나요.

나를 안고 받아 준
그날
나는 하늘을 날고 있었지만
그날 그 순간
그댄
어떤 마음이었나요.

쉼터

변하지 않고
시들지 않고 익어가는
그대의 따사로운 마음이
그리운 저녁

가슴에 돋아난 가시도 접고
짜릿하게 감치는
그러면서도 포근한
그대의 마음에
나를 내려 놓습니다.

계절을 건너고

내 눈 속에
너를 담아 두었더라면
내 가슴속에 너를
품어두었더라면

가을빛 내리는 잎새의 나부낌에
이렇게 마음 아프진 않았을 텐데

단풍 들고
낙엽 날릴
그 오솔길 걸을 날이 두려워
가을 없이 겨울로
애써 지나쳐 간다.

기억

까마득하지 않으면서도
까마득하게 다가오고

까마득하면서도
어제 일처럼 또렷하다.

잊으려함이 그렇고
잊혀지지 않음이 그렇다.

눈부신 파란 하늘에
한점 구름

생각 끝에 너를 그렸다.

방황

서러워 보였다.
눈빛

잔이 비어 보였다.
채워도 채워지지 않는
갈증의 잔

꽃이 말한다.
피고 피어 향기 가득한데
그대의 부케향
넘치고 넘치는데

나의 향은
어디에서 향기를 피우는가.

193

고운 맘 우려내고
섬섬옥수 정성 담아

단정히 여민 옷깃
바람도 함께 한다.

그윽한
차향 나누니
번뇌망상 간데 없다.

너는 무엇으로 오려나

너는
꽃으로 왔다.
향기로 머물고
바람으로 가버렸구나.

눈으로
너를 그리고
가슴에 새겨
푸른 하늘에
구름으로 띄워 보냈었는데

가끔은
빗물이 되어 오고
어느 땐
눈이 되어 가슴에도 쌓이는구나.

아련이는
눈빛마다에 사랑을 실었었지.

오늘은
꽃으로 오려나,
빗물로 내리려나.
하늘가엔
구름이 바람에 흐른다.

내가 가진 것

내 가슴을
뛰게 하는 게 뭔지 몰라도

내 젊음을
돌리지 못해도

그대로 인해
행복하고 설렐 수 있으니
푸른 가을 하늘을 가졌네.

홀로 선 나무

시베리아 벌판에 버려져도
당당하고 외롭지 않을 줄 알았습니다.

나의 그림자를

꽃향기를 맡다가 느꼈습니다.
가슴속이 비어 있음을

잎새에 맺힌 이슬이
내 눈물임을 알았을 때
외로움의 싹은
이미 나무가 되어 있었습니다.

가을 햇살

그리움이었을까?
채워둔 가슴이
비어져 있음을 알았습니다.

붉은 립스틱 사이로
한 떨기 장미

꽃을 안고
푸른 열망을 보듬고
양팔 벌려 뜨겁게 부르는 사랑.

가을 향수

잡으려 해도
잡히지 않는 그림자를 보고
그리워 울었단다.

파란 바다가 바위로 밀려가
하얀 포말로 울기에
나도 같이
하얗게 하염없이 밀려가 부딪쳤단다.

언제나 영원히
초록으로 남고 싶어
여름을 붙잡는 잎새가
애처로이 단풍이 들 때
네 청춘이 서러워 울고
내 머리에 내리는 서리에 울었단다.

가슴 아린 가을이
사랑을 외면한 순간부터
파란 하늘이 바다가 되었다.

그대를 만나야 피어나는 꽃이고 싶다

구름

구름이
바람의 존재를 알았을 때

구름은
흩어지고 없더라.

인생도
사랑도
그리고 나도 그러하리.

파란 하늘

따뜻하고 싶다.
가슴 따뜻하고 싶다.
너로 하여

웅크린 가슴이
따뜻해지리라.
너의 입술 느끼면

온종일
하늘에는 구름 조각 하나 없고
네 얼굴로
도배 된 파란 하늘.

차이

내 속에
너를 담을 수 없었다.

206

네 속에
나를 담아도 흔적이 없었다.

네 존재는 크고
내 존재는 너무 작아서.

해를 쫓 듯

뛰어간들
달그림자를 쫓을 수 없었답니다.
날아간들
지는 해를 따를 수 없었답니다.

부지런히 사랑해도
모자라는 삶에
미움이 생길 시간은 없네요.

해를 쫓 듯
달을 쫓 듯
그렇게 그대를 쫓아갑니다.

이런 날

너를 간직하고
너를 사랑하고
너에게 기쁨을 주는 날,
이런 날
입술은
달콤함을 더해 행복을 준다.

가을이 깊어

파도가 아닌데
밀려왔다 밀려갑니다.

바람이 아닌데 불어왔다
어디론가 가네요.

마음을 휘저으니
사랑 속에 숨어 있는 것
뼈마디마디 아픔을 동반합니다.

고통 같은
그리움
가을이 깊어 낙엽이 됩니다.

침묵

내가 사랑가를 불렀건만
들리지 않나요.

눈빛으로도
그대에게 감명을 주리란 내 착각

발자국 소리에도
귀 쫑긋 세우고
바람의 노크에
창가로 간 눈길

아무런 댓구가 없군요.

기억

너를 기억하는 순간엔
몇 번이고 가슴에 안고

너를 생각하는 순간엔
오랜 입맞춤을 한다.

너의 눈빛
너의 체취가 좋아서
그냥 사랑스러워서.

어울림의 가곡

작은 공간을 가득 채우고
가슴으로
퍼져 온 노랫소리
눈물을 자극하고
음률은 심금을 떨게 하는
사랑의 지표로
맑은 음정은 천상의 이름으로
출렁이는 감동

나는 눈을 감았다.

할 수 있다면

보채어
피어날 수 있다면
날마다 보채어 보겠습니다.

세월의 강가에서
조약돌 줍듯

인연을 만들고
사랑을 보채어 보겠습니다.

사랑의 감정이 불러낸
상상력과 시적 창조성

정 태 운   시 인 의   시 세 계

최영구
(문학박사, 시인, 부산문인협회 회장)

정태운의 시적 감성과 상상력은 꽃을 상관물로 한 아름다움 추구와 사랑에 근원한다. 미와 사랑은 인간 감정을 지배하는 원천이다. 정태운의 사랑의 감정은 꽃으로 상징되는 미와 결부되어 그 깊이를 더하게 된다.

인간의 느낌과 감정에는 여러 가지가 있다. 기쁨, 슬픔, 분노, 희열, 증오, 공포, 저주, 고독, 사랑의 감정 등이 그것이다. 그 중에서도 사랑과 관련된 감정은 인간 실존의 본질과 관련된 것으로 가장 근원적인 것이다. 왜냐하면 사랑의 감정은 위에서 든 인간 감정의 거의 모두를 지배하는 감정이기 때문이다.

또한 모든 생명체의 본능은 생존과 생식에 있다. 생존과 생식은 필연적인 연관성을 갖는 것으로 그것을 가능하게 하는 것이 먹이 섭취와 사랑이다. 그 둘 중 먹이 섭취는 인간과 동물에게 물리적인 차원의 것으로 그렇게 차이가 나지 않는다. 하지만 사랑의 감정은 다르다. 동물도 감정이라는 게 있을까? 많은 동물학자들은 동물들도 감정이 있을까 하는 과제를 두고 여러 실험을 하고 있다고 한다. 비록 동물들에게 감정이 있다고 하더라도 인간이 갖는 감정과는 차원이 다를 것이라 생각한다. 인간은 감정의 동물이라 해도 과언이 아니기 때문이다.

인간에게 사랑이라는 감정은 모든 감정이 그렇듯 그 깊이를 헤아릴 수 없을 만큼 심오하고 숭고하다. 플라톤 이후 미는 종종 사랑과 결부되어 생각해 왔다. 「사랑에 대하여」라는 부제를 단 플라톤의 대화

편 『향연』의 주제는 사랑, 곧 에로스의 신을 찬탄하는 연설로 일관하
고 있다.

또한 "사람은 누구나 육체적 정신적으로 잉태하고 있으며, 어느 연령
에 도달하면 낳기를 열망한다. 그러나 낳으려면 아름다운 것dmf 필
요하다. 아름다운 것에 접했을 때 비로소 그는 그 열망의 고통에서
해방되어 무사히 낳을(창조할) 수 있다. 정신적으로 잉태한 자는 이
렇게 하여 아름다운 것에 접하여 철학적인 앎, 시 작품(詩 作品), 법
률, 기술적인 발명품 등을 만들어 낸다."(소크라테스) 위에 인용한 말
들이 암시하는 바는, 미는 창조의 필수적인 매체라는 말이다.

미를 주제로 삼아 바꾸어 말하면 미는 사랑을 북돋아 그것으로 창조
활동을 매개하는 것이 된다. 그런 사고들을 전개하면 만들어지는 것
은 예술작품이고, 그 자체가 아름다운 것이라면 그것은 다음의 창조
를 더욱 자극하여 거기서 미의 연쇄가 만들어진다(플라톤). 여기서
정태운의 시「늘 그리운 이유」전문을 소개한다.

늘 그리운 것은

가슴에 그대만을 품고 다니니까요
늘 궁금한 것은
머릿속에 그대만을 생각하니까요
삶에 질퍽이는 것은

그대를 품고 그대의 생각에
무게를 감당치 못한 때문이겠죠.

세월의 강이 너무 넓어
그윽이 강 너머 바라다보면
아물아물
윤슬에 눈부심이 그대인가,
도리어 되물어도 봅니다.

사랑의 감정이 상상력을 자극해 놀라운 사랑의 시 한 편을 창작해 낸
다. 언어도 그렇고 정서도 그렇다. 정태운의 위의 시가 바로 그런 것
이다.

동서고금을 막론하고 많은 시인들이 끊임없이 사랑의 감정을 시로
서정화 하고 있는 것은 사랑의 감정만큼 순수하고 아름다운 것이 없
기 때문이다. 정태운 시인 역시 예외가 아니다. 분명히 예술가들이 창
작 의욕을 자극받아 구상을 떠올렸던 건 아름다운 여성이거나 아름
다운 자연이거나 예술작품들이다. 미의 창조성은 창작과정과 작품
을 연결할뿐더러 그 작품과 해석을 더욱 연결하여 창조성의 연쇄 고
리를 만들어낸다. 윗 시 「늘 그리운 것은」에서 보듯 정태운의 시 역시
그런 연쇄 고리에서 창조된 것이다.

정태운 시인의 시에서 사랑에 대한 무한한 상상력은 미에 의해 매개된

다. 미로 상징되는 꽃과 사랑은 정태운 시인의 시적 상상력을 자극하는 정서적 매개물이다. 그리고 그의 시에서 사랑의 대상은 현실적 사랑(자기 아내에 대한 사랑일 수도 있다)에서의 감정과 과거 경험적 사랑에 연유한다. 하지만 경험적 사랑은 미에 대한 상상적 열망일 수도 있다.

사랑의 감정을 서정화 한 시가 대체로 그렇듯 자기 고백에서 출발하는, 고백체적 성격이 강하다. 사랑을 매개로 한 시만 그런 게 아니다. 시는 사실 자신의 고백에서부터 출발한다고 해도 과언이 아니다. 솔직하게 섬세하게 풀어 놓으면서, 때로는 과장이라도 상관없는 일이다. 자신의 감정이나 정서를 솔직히 드러내지 않으려 할 때 오히려 그 시는(글은) 왜곡되기 쉽다. 시는 그처럼 자신 속의 시간과 공간과 관련된 감정을 진솔하게 풀어내는 데서 출발한다.

정태운 시인의 시의 장점은 바로 그런 사랑의 감정을 진솔하게 드러내는 데 있다. 정태운 시인은 사랑의 감정을 진솔하게 드러내면서도 창조적 상상력을 발휘해 사랑의 감정과 관련된 놀라운 시적 언어를 찾아내고, 그런 언어들로 사랑과 관련된 인상적인 시를 구축해낸다.

에움길 돌아선 곳에
순백의 하얀 영혼을 담은
어머니 손길 같은 꽃이 피어 있어요.

221 차가운 밤이슬도 마다하지 않으시고
자식 사랑으로
머리 곱게 빗고 선
흐트러짐 없는 모양새 보이신
꼿꼿한 모정의 마음 닮은 꽃

이제나 저제나
애타는 어미의 마음
긴긴 날
자식 사랑으로 애태우신
어머니의 사랑이
가을 향기를 담고 피었나 봅니다.

파란 하늘 향해 간절함 모으고
사랑과 염려의 눈매마저 눈부신
하이얀 모시 적삼 입은
어머니의 마음
그 따스함이 가을을 받들고 있어요.

- 「구절초」 전문

윗 시 「구절초」가 돋보이는 것은 수사에 있다. 메타포와 병치가 그것 이다. 직유와 은유의 수사가 이 시의 진술을 돋보이게 한다. 그리고 병치의 기법도 적절히 구사된다. 얼른 보면 병치로 하여 어머니가 테 마인 시인지, 구절초가 정서의 중심인지 구별이 가지 않는다. 시는 그 럴 때 정서적 효용성을 극대화 하게 된다. 왜냐하면 시는 산문이 아 니기 때문이다. 그리고 시는 일상의 언어와 다르다. 아니 달라야 한 다. 그리고 시는 일상적 상식적 표현이 아니다.

이제나 저제나/ 애타는 어미의 마음/ 긴긴 날/ 자식 사랑으로 애태우 신/ 어머니의 사랑이/ 가을 향기를 담고 피었나 봅니다.

구절초가 어머니가 되고 어머니가 구절초가 된, 그래서 읽는 이에게 선명한 인상과 감동을 주게 된다.

시의 미적 전개는 수사에 의해 좌우된다. 한 편의 시는 언어의 전개와 변주로 이루어진다. 시는 말을 발전시키면서 한 편의 시로 전개된다. 다시 말하면 하나의 말을 다른 말로 대체해 놓은 경우다. 그게 곧 시 에서 언어의 전개와 변주다. 하나의 말을 동일한 의미의 다른 말로 바 꿔나가면서 사색과 사유는 깊어지고 화제는 발전해 간다. 은유는 하 나의 화제를 발전시키기 위해 머릿속에 있는 말을 선택할 때 의미나 정서의 유사성에서 찾는 방법이다(야콥슨). 비유적 이미지는 시의 중 심 구조 중에서도 가장 기본이 되는 것으로, 시를 읽는다는 것은 비 유를 이해하는 과정이라고 할 수 있다.

하지만 비유를 이해한다는 것은 원관념 찾기가 아니라 원관념과 보조관념의 결합에서 발생하는 긴장이나 두 관념의 충돌에서 환기되는 여러 감정과 정서를 이해하는 것을 의미한다.

정태운 시인의 시 「구절초」의 시적 전개도 마찬가지다. 구절초와 어머니를 메타포로 엮어낸다. 구절초가 원관념이지만 보조관념인 어머니로 하여 시적 긴장이 이루어지고 그런 전개로 하여 구절초에 대한 정서적 환기가 더욱 적절하게 전개되고 사색과 사유는 깊어지고 화재는 발전해가게 된다. 그런 의미에서 시 「구절초」는 주목할 만 하다.

고요를 뚫고 온다지
그리운 마음 안고 온다지
아마

산자락에 눈시울 붉히고
동녘에 별들을 쫓아버리고
아마 그렇게 소리 없이 온다지
그대

어제도 그랬고 오늘도 그랬건만
서리 내린 오늘 아침엔
어름어름 여명 속에서 보았죠

아침을 데리고 오는
환희 같은 그대를

-「여명과 함께 오는 님」전문

'그리운 것은 모두 님이라'고 했던가. 한용운 선생의 말씀이 떠오른
다. 한용운 선생의 말씀처럼 이 시에서의 님은 그리운 모든 것이라 할
수도 있다. 먼저 여명의 아침이 그것이다. 아침은 새날을 의미한다.
어제는 언제나 오늘로 하여 새로워지는 법이다. 새로움은 늘 우리에
게 설렘을 안겨 준다. 그런 의미에서 여명의 아침은 희망을 연상시키
기도 한다. 그러나 그게 꼭 님이어야 한다면 님은 늘 내게 희망과 설
렘을 안겨 주는 대상이다. 그래서 "아침을 데리고 오는 / 환희 같은
그대를"에서 님은 환희 같은 그대가 된다. 님은 곧 환희다. 시의 언어
와 진술은 일회적인 것이 아니다. 독자에 따라 새로운 정서를 창조하
게 하는 언어가 시의 언어요 진술이다. 언어는 단순한 정보나 지시정
이 한 매듭이라면 그 매듭의 반대쪽에 자유롭게 비상하는 폭넓은 경
이로운 언어가 있다. 시의 언어는 바로 그런 경이로운 언어여야 한다.
시의 언어는 시인에 한정하지 않고 수시로 그 의미를 달리한다. 왜냐
하면 시어의 기표는 읽는 이에 따라 여러 기의를 갖는다. 다시 말하
면 기의가 열려 있게 된다. 정태운의 시「여명과 함께 오는 님」의 님은
그런 의미에서 읽는 이에 따라 기의를 달리한다. 님은 언제나 환희의

대상이어야 한다. 그래야 그리움이 더해지는 법이다.

이 시의 리듬은 소월에도 닿는다. 소월과 같은 7, 5조라는 말이 아니다. 님을 기다리는 서정과 리듬이 잘 조화된다는 의미에서다. 시의 리듬과 서정내용은 분리되지 않는다. 하나로 조화된다. 그 서정에 그 리듬이어야 인상적인 시가 된다. 서정과 리듬이 잘 조화된 시다.

기다려
꽃이 핀다면 기다려야지

기다려
사랑이 된다면 기다려야지

못내
아쉬운 마음이 있고
하고픈 말 많고 많아도

꽃이 피고
사랑이 된다니
말없이 기다려야지

정태운 시인의 위의 시 「기다림의 이유」에서 주목할 만 한 점은 반복
으로 시상을 전개하고 있다는 점이다.

윗 시에서의 반복은 시의 운율을 형성해 리듬감을 강화하고, 이미지
와 이미지를 효과적으로 제시하며, 아울러 주제를 암시하는 데도 도
움을 주고 있다. 그처럼 위의 시는 시상전개의 반복을 적절히 활용하
여 작품의 미적 효과와 더불어 심미적 효과를 높인다.

반복은 단순 반복과 변화 반복으로 나눈다. 윗 시는 단순 반복과 변
화 반복을 병행한다. 단순 반복을 통해 시적 이미지를 단순히 강조
하는 효과를 극대화 한다. 아울러 변화 반복을 활용해 점층적으로
이미지를 제시하고 이미지의 내용이나 상상력의 확대를 가져다준다.
윗 시에서 1연과 2연은 단순 반복으로 시상을 전개한다. 이어 3연과
4연은 변화 반복으로 볼 수 있다.

기다려 / 꽃이 핀다면 기다려야지, //
기다려 / 사랑이 된다면 기다려야지.

1연과 2연은 단순 반복이면서도 변화를 내포한다. 꽃과 사랑이 그것
이다. 꽃과 사랑이 내포하는 이미지는 읽는 이에 따라 사유를 달리할
수 있다.

227 해 뜨지 않으면 밤인 것을
     빛 없으면 어둠인 것을

     꽃 피지 않으면 열매가 없듯이
     사랑이 없으면 세상이 없네.

     그대로 하여
     모든 것이 있고
     그대로 하여 모든 것이 꿈꾸는구나.

     사랑에 사랑을 더하기에
     새삼 되새김하네.

     - 「그대의 의미」 전문

위의 시는 사랑의 절대성을 노래한 시다. 정태운의 위의 시 「그대의 의미」에서도 반복법이 시상 전개에 기여한다.
"해 뜨지 않으면 밤인 것을 / 빛 없으면 어둠인 것을// 꽃 피지 않으면 열매가 없듯이/ 사랑이 없으면 세상이 없네.//"
1, 2연의 반복적 시상을 통해 "그대로 하여 모든 것이 꿈꾸는구나" 3연 마지막구가 정서의 중심이 된다. 그대 없으면 꿈도 없다는 것이 된

다. 님이 없는 세상은 모두 무의한 것이라는 의미다. 사랑도 이쯤되면 신앙과 같이 절대적 경지라 하지 않겠는가. 진실한 사랑의 경지는 그런 차원의 사랑이다. 사랑에 대한 의식이랄까 사유가 깊고 결연하다.

"사랑에 사랑을 더하기에/ 새삼 되새김하네." 마지막 연이다. 그대와의 사랑이 있어 모든 것이 있고, 그대와의 사랑이 있어 꿈꿀 수 있는 사랑의 절대성을 강조한 사랑에 대한 고백서다. 사랑에 대한 진솔한 고백으로 화자는 진실된 사랑에 대한 믿음을 확인시킨다.

홀로 있다는 것은
아무도 곁에 없다는 것이 아니다

곁에 아무도 없다는 것은
혼자라는 것이 아니다

계절은 지나 꽃은 졌고
만남을 위해 잠시의 이별이 왔을 뿐

내 마음이 그대 곁에 있고
그대 마음이 내 곁에 있으니

229   - 「마음은 곁에 있으니」 전문

"홀로 있다는 것은/ 아무도 곁에 없다는 것이 아니다// 곁에 아무도
없다는 것은/ 혼자라는 것이 아니다"
1, 2연은 결국 같은 말을 뒤집어 놓은 것이다. 시적 효과를 위해서다.
거기에다 모순형용으로 표현의 효과를 높인다. 산문으로 표현하면
님은 늘 내 곁에 있다는 말이다. "내 마음이 그대 곁에 있고/ 그대 마
음이 내 곁에 있으니" 마지막 연에서 님이 내 마음속에 있으니 곁에 있
는 것으로 마무리된다. 사랑의 감정이 빚어낸 시적 언술이 돋보인다.
그리고 시상 전개로 점층적 진술 방식을 택한다. 반복 진술의 경우 단
순 반복보다 점층적 반복 진술이 더 효과적이다. 사랑의 감정을 효
과적으로 진술하기 위해 그런점층적 진술을 택한 듯하다. 사랑은 일
방적인 것이 아니다. 사랑하는 상대가 있어야 한다. 그리고 사랑하
는 사람이 서로 사랑을 나눌 때 진정한 사랑이 이루어지게 된다.
정대운 시인은 시에서 이성직인 사랑을 늘 꿈꾼다. 사랑의 시노 그렇
다. 사랑의 시가 예술의 경지에 닿으려면 반드시 이상적인 사랑이어
야 한다.
예술은 우리에게 있어서 마땅히 그러해야 할 사물이나 상황의 표현이
다. 그것은 본질적으로 개인적이고 독자적인 것이다. 왜냐하면 우리
들 한 사람 한사람의 이상은 틀리기 때문이다. 그것은 다른 방법으
로 접근할 수 없는 세계의 문을 여는 열쇠가 될 수 있다. 정태운 시인

은 시에서 자기만의 감정으로 가장 이상적인 사랑의 문을 여는 시인 230
이다.

정태운 시인의 사랑의 시편들이 서정시로서의 위치를 확보할 수 있음
은 자기만의 독특한 감정으로 사랑을 진술하고 서정화 하고 있기 때
문이다. 자기만의 독특한 감정이란 가장 주관적 감정이라는 의미로
가장 주관적인 것이 가장 객관적이다(아리스토텔레스). 라는 말과
맥이 닿는다. 그의 사랑의 시편들이 호소력을 갖는 것도 위에서 말한
것처럼 나름의 사랑에 대한 인식과 사랑에 대한 감정을 진술하게 시
화하고 있기 때문이다. 사랑은 늘 흠모하고 사랑하는 일이다. 그것
이 함께함을 의미한다. 함께 한다는 것은 사랑하는 마음을 함께 나
눈다는 의미이기도 하다.

정태운의 위의 시 뿐만 아니라 그의 사랑의 시편들은 사랑의 진솔한
감정이 인상적인 시적 언어와 진술을 불러내고 아름다운 사랑의 시편
들로 완성된 경우다.

너에게
나는
작은 떨림일지 모르지만

나에게
너는

무수한 별을 쏟아내는
황홀한
밤하늘이다

- 「너의 의미」 전문

시는 짧을수록 더 많은 정보와 감정과 정서를 함축한다. 하여 짧은
시를 쓰려면 더 깊은 사색과 통찰력이 필요하다.
"나에게/ 너는// 무수한 별을 쏟아내는/ 황홀한/ 밤하늘이다."
누구도 완벽하게 시적 진술을 산문으로 환원해 낼 수 없다. '나에게
너는 무수한 별을 쏟아내는 황홀한 밤하늘'이라니, 아마 진실한 사
랑의 감정이 '무수한 별을 쏟아내는 황홀한 밤하늘이'라는 시적 진
술을 불러냈을 것이다. 어두운 밤에 유일한 빛은 어두운 밤하늘의 별
뿐이다. 님은 곧 나에게 어떤 삶의 시련도 넘어설 수 있는 환희와 황
홀에 늘 수 있게 안다는 의미이면서, 상념노, 기쁨노, 슬픔노, 희닝도,
절망도 모두 다 사랑하는 님에게서 연유한다는 말일 것이리라. 화자
에게 황홀의 극치, 사념의 극치, 기쁨의 극치와 환희의 극치가 있다면
그 모두는 님에게서 연유한다는 의미로 받아들여도 좋으리라. 그러
나 그런 의미 이상을 함축하는 시적 표현이다. 그 이상은 읽는 이의
창조적 상상력에 맡긴다.

마지막으로 정태운의 시편들을 읽으면서 진정한 사랑의 감정이 어떤
것이며, 인간에게 사랑이란 무엇이며 어떤 의미를 갖는 것인가에 대해
생각할 수 있어 감명 깊었다고나 할까. 그런 연유로 100여 편이 넘는
그의 시를 단숨에 흥미롭게 읽을 수 있었음을 밝힌다.

그대를 만나야
피어나는 꽃이고 싶다

초판 1쇄 인쇄 2020년 03월 10일
초판 1쇄 발행 2020년 03월 25일

글 정태운
사진 김윤희, 유동영
펴낸이 김윤희 펴낸곳 맑은소리맑은나라
디자인 방혜영

출판등록 2000년 7월 10일 제 02-01-295 호
주소 부산광역시 중구 중앙대로 22 동방빌딩 301호
전화 051-255-0263 팩스 051-255-0953
이메일 puremind-ms@hanmail.net

ISBN 978-89-94782-72-0 03810
값 15,000원